衛斯理系列 少年版 31

沉船

上

作者：衛斯理

文字整理：耿啟文

繪畫：鄺志德

衛斯理
親自演繹衛斯理

老少咸宜的新作

　　寫了幾十年的小說，從來沒想過讀者的年齡層，直到出版社提出可以有少年版，才猛然省起，讀者年齡不同，對文字的理解和接受能力，也有所不同，確然可以將少年作特定對象而寫作。然本人年邁力衰，且不是所長，就由出版社籌劃。經蘇惠良老總精心處理，少年版面世。讀畢，大是嘆服，豈止少年，直頭老少咸宜，舊文新生，妙不可言，樂為之序。

倪匡　2018.10.11　香港

目錄

主要登場角色

衛斯理

喬治摩亞

彼得摩亞

麥爾倫

第一章

我有一個朋友，介紹我與一位 **摩亞船長** 見面，説對方有一件事情想和我商量。

在我的想像中，船長必定是滿臉鬍子、身形高大，穿着筆挺制服，袖口和領上都鑲了金邊，神態十分莊嚴的中年人。

可是，當我走進那家餐廳的時候，卻看到一個膚色黝黑、**身材瘦削**、動作靈活，穿着便服，大約二十七八歲的年輕人，向我走了過來。

那年輕人有一張十分 **和藹可親** 😊 的臉，和非常機靈的眼睛，他一看到我，就伸出手來：「你是衛先生吧，我是喬治摩亞。」

「摩亞船長，你好。」我也伸出手來。

他熱情地和我握手，説：「終於能和你見面，我真高興，我母親是毛里族土人，我最拿手的本領，其實是 **划獨木舟**。」

我立刻笑了起來，我對他的第一印象十分好，他是一個很隨和的人，活潑而坦誠，沒有任何架子。我和他一起坐下來，不必多説無謂的 **客套話**，我開口道：「船長，那位朋友説，你有一件很為難的事，想找我商量？」

摩亞船長笑了起來，一口潔白整齊而細小的牙齒，看來是 **毛里族人** 的特徵之一，他説：「首先，別叫我船

長，船長是我的職業，如果你以我的職業來稱呼我的話，那麼我也要稱呼你為冒險家、大作家了。」

我「哈哈」地笑了起來，說：「好，摩亞，那麼，你要找我商量的是什麼事？」

摩亞漸漸收起了笑容，變得很嚴肅，沉默了一會，才說：「我得先介紹一下我自己，以免你以為我是一個瘋子，在胡說八道。」

「好的，我很樂意去聽。」

摩亞於是介紹道：「我母親是一個普通的毛里族人，並不是什麼公主之類，沒接受過任何教育。但我父親卻是出生於一個十分富有$的家庭，所以，我自小就和白種人一樣，受正規教育。或許由於我有一半毛里

族血統的緣故，所以我特別喜歡 航海，我在大學

讀了一年文學之後，就放棄了學業，轉到航海學校去。」

　　我點頭道：「人各有志，我們中國

人有句話：『讀萬卷書，不如行萬里

路』。」

　　摩亞得到我的認同，似乎很高

興，又笑了起來，繼續説：「從航

海學校畢業之後，我就一直在海上

生活。我獲選拔為船長，還

是一年前的事。我敢保證，那完全是

由於我個人的能力，與我父親握有大量

輪船公司的股票無關。」

　　「這一點，我絕不懷疑。」我展現出完全相信他的神

情。

摩亞笑得很高興，可是隨即又嘆了一聲，「不過現在，**我沒有船了**。」

我揚了揚眉，摩亞苦笑着解釋道：「我的船沉了，沉船事件正在調查中。在 🔍**調查** 結果出來之前，我不會有新的船。而且，如果調查結果認為沉船是由於我的過失——」

他講到這裏，停了下來足足有半分鐘之久，才用沙啞的聲音說：「**那麼，我就永遠不會有船了！**」

我很替他難過，因為我看出他是那樣地熱愛航海，那樣地喜愛他船長的崗位，如果以後再沒有機會航海，我相信他會**比死更難受**。

一時之間，我也想不出用什麼話來安慰他。因為一艘船的沉沒，有許多原因，而聽他的語氣，似乎表面證據對他很不利。

　　摩亞的神情極難過，他從身邊的**公事包**取出一幅地圖，攤了開來，指着一處，對我說：「這裏，就是沉船的地點。」

　　我向他所指的地方看去，馬上認出那是百慕達附近的**大西洋海域**。

百慕達群島可以說是孤立在大西洋之中，往南一千多公里，才有西印度群島；而西面和北面，也相距一千公里左右，才到達美國和加拿大的沿岸。百慕達東面的情形就更可憐了，幾乎要橫跨整個北大西洋，才有一些群島出現。

換句話說，在百慕達周圍一千公里的範圍內，幾乎沒有任何在**地圖**上可看到的島嶼。

自古以來，百慕達附近，都是令航海家膽戰心驚的航線。我一看到摩亞所指的地方，是百慕達以南，約莫一百公里的區域，不禁**呆了一呆**，「我有幾個航海界的朋友，稱這個區域為『魔鬼三角區』，是航海者最懼怕的一個區域。」

摩亞苦笑道：「**我的船，就沉在這個區域。**」

　　講到他的沉船，他的聲調中有一種特殊的傷感，而且他似乎不理會我在説什麼，只是自顧自地説下去：「我的船，是一艘中型的貨船，有着相當先進的設備，一共有二十六個船員。」

　　當他講到這裏時，他的聲音變得更沙啞了，我可以聽得出，這次沉船意外，一定有很大的不幸後果。

　　果然，摩亞抬起頭來，説：「二十六個船員，他們⋯⋯一個也沒有生還！」

　　摩亞雙手用力緊握着拳，指關節發出「格格」的聲響。

　　我輕拍着他的拳頭，安慰道：「有時候，災難是無法避免的，你毋須太過自責。」

摩亞情緒有點激動，「只有我一個人生還……而關鍵是……在出事之前，我曾下令 **改變航線**。所以船沉沒的時候，是在正常航線以西二十海浬的地方，這就是 **我的責任**！」

我聽得他這樣說，不禁呆了一呆，一時之間，不知說什麼才好。

一個船長，如果沒有充分的理由，突然變更正常的航線，而導致船隻 **沉沒** 的話，他當然有着無法推卸的責任。

如果摩亞的船，的確是因為他的 **錯誤判斷** 而沉沒，那麼，他以後，可能不會再有機會當船長了。

我望着他好一會，才開口問：「那麼，當時你是出於什麼原因，決定改變正常的航線？」

摩亞深深地吸了一口氣，說道：「我改變正常航線的 **原因**，已對調查庭說過了，但不被接納，所以，我只好來找你，對你說。」

我心中不禁 **苦笑** 起來，他對我說了，有什麼用？我又不能改變調查庭的決定。

但摩亞直視着我，臉上堅定誠懇的神情，足以令人相信他所說的是實話，他說：「**衞先生，我看到了鬼船！**」

「什麼？」我不禁心頭一震。

摩亞於是重複說了一遍，聲音非常堅定：「我看到了鬼船。」

我登時呆住，一時之間說不出話來。

第二章

海面上的「鬼船」

所謂「**鬼船**」，可說是一個專門名詞，專指一些已沉沒的船，在某種情形下，竟然又在海面上出現。

「鬼船」雖然無法用科學觀點來解釋，但歷史上卻有數十宗**親眼目睹** 👁👁 的紀錄，目擊者都能清楚地描述他們所看到的鬼船。只不過，那大都是十八、十九世紀的事了。進入二十世紀以來，似乎還沒有什麼確鑿的「鬼船」紀錄！

「你知道『鬼船』是怎麼一回事？」摩亞問我。

我點了點頭，想說話，可是仍然不知該說什麼才好。

摩亞又說：「不止我一個人看到，大副也看到的，可惜只有我一個人生還，所以**沒有**　**人**相信我的話！」

「當時的情形是怎樣的？」我問。

「當時大概是凌晨一時，當值的是大副，首先看到鬼船的，其實也是他。我正在房間裏看書，還沒有睡，大副來**敲門**，敲得很急，我一開門，他就拉着我，叫我快去看看——」

摩亞說到這裏猶豫了起來，好像怕我不相信他接下來說的話，我連忙催促着問：「**你看到了什麼？**」

19

摩亞深吸一口氣，說：「我和他一同看到，在前方不遠處，有三艘西班牙式的五桅大帆船，如果我們再照原來的方向駛去，一定會撞上它們！」

「不可能！」我當然不信，搖頭道：「你應該知道，現在不會再有這樣的船在海上航行！」

摩亞苦笑了起來，「當時天黑，海面有霧，那三艘船已離我們很近了，我根本未及考慮別的問題，就下令改變航線，向西轉過去，避開它們。可是當我們轉向西的時候，那三艘船竟然步步進逼過來，一艘在前面，還有一左一右跟在後面，好像要逼我們往西航行，持續了二十分鐘左右，我們的船就撞到了暗礁。」

我皺着眉，實在無法相信他說的話。

摩亞望着我，苦笑了一下，「你一定認為，我確實不適宜航海。」

我婉轉地說：「所謂『鬼船』，實際上是一種幻覺，雖然有時會幾個人一同看到，但也並不能證明鬼船確實存在。因為大家同處於**茫茫大海**的環境中，產生了相同的幻覺也是有可能的。」

摩亞反應很大，用力拍了一下桌子，「我可以確確實實告訴你，**那絕不是幻覺**。的的確確有三條大帆船，在逼着我的船西航。衛先生，我在海上的時間，比你在**陸地**上的時間還多，我知道什麼叫幻覺，什麼不是幻覺！」

我嘆了一聲，不敢再刺激他。只見他失望地說：「我以為你跟平常人不同，會有獨特的見解，沒想到連你也認為那是幻覺。那麼，調查庭的人更不用說了，他們一定會**引經據典**，從心理、生理、意識等各方面去證

明我在海上產生了幻覺，造成撞船意外，而結論就是——

我不適宜繼續航海！」

他講到這裏，又握着拳頭，重重地捶在桌上，令杯子、碟子全跳起，引來了其他客人的目光。

我嘗試安撫他：「我們不是不相信你的話，但調查庭必須看**證據**。」

「對！」他幾乎立刻認同道：「所以我才託朋友找你。」

「我能幫上什麼忙？」我疑惑地問。

「和我一起👥到那個地方去。」他説。

「什麼？」我很詫異。

他解釋道：「有鬼的地方，一定有**死人**💀，有鬼船的地方，也一定有**沉船**。而且，我已經找到那三艘船的資料了，你可想聽聽？」

我這個人好奇心極強，他這樣引誘我，我怎麼能不聽下去？只好**洗耳恭聽**。

摩亞便接着説：「當時，我的的確確看到那三艘船，而且還對它們的船徽留下了深刻的印象。我自小就嚮往大海，早已立志要將航海作為我的**終身事業**，所以，我對於一切和航海有關的書籍，看得十分多。當時我

就覺得，那三艘船上的 **盾形** 徽飾，好像在什麼地方見過，事後我去翻查資料，果然給我查到了！」

他一面說，一面又從公事包裏拿出一張紙來，放在桌上。

那張紙已經很黃，看來年代久遠，紙上印着一個盾形的徽飾，中心的圖案，是一頭 **怪形怪狀** ，長着一雙翅膀的大海怪。在大海怪的兩旁，分別有矛、弓箭、船槳和大炮的圖案。整個圖，好像是用簡陋的木刻印上去的。

他指着那張紙說：「這是我在一家歷史悠久的航海史圖書館找到的。這個徽飾屬於 **狄加度家族** 所有，是西班牙國王斐迪南五世，特准那個時代為西班牙海軍艦隊服務的家族使用的，是極高的榮譽。」

　　我對於世界航海史並不熟悉，但斐迪南五世的名字總是知道的，這個西班牙國王，曾資助哥倫布的航海計劃，使 **哥倫布** 發現了新大陸。

　　摩亞像是怕我不信，又加強了語氣：「我可以肯定，當時我所見到的那三艘船，船頭上都鑲着這個標誌，是 **黃銅** 鑄成的，約有一米高，我絕不會弄錯！」

　　他剛才説過，已經查到那三艘船的資料，所以我問：「你就是根據這個船徽，查出那三艘船的資料？」

　　摩亞顯得興奮起來，「你真聰明！你看看這本書上的記載！」

　　他又取出了一本 書 來，這本書已經很殘舊了，而且是用西班牙文寫成的。

他打開那本書，説：「你看這插頁。」

我看到他所指的插頁，那是三艘巨大的五桅船，並列

着，船頭有着我剛才看到的徽飾。

摩亞解釋道：「這本書上説，

在 **公元1503年**，那是哥倫布

發現中美洲之後的一年，狄加度家

族中，一位極優秀的人物，率領着

三艘 **五桅船** ，船上各有水手和士兵一百五十人，

到了波多黎各，留下了士兵，然後，

三艘船又繼續向北航行。」

我一面聽他説，一面翻閱着那本書。書上記載，他們這次航行的目的，是希望可以 🔍發現 另一個中美洲，或是另一片新大陸。但他們沒有成功，因為這三艘船，在波多黎各出發之後，就一直沒有再回來過。

摩亞最後説：「現在你明白了？這三艘船，在大西洋 🔺沉沒 了！」

我合上了那本書，「當時沒有先進的 通訊設備📱，那三艘船在什麼時候、什麼地方和什麼情形之下沉沒的，外人根本無法知道。在世界航海史上，這樣的悲劇一定有很多。」

但摩亞**胸有成竹**地說：「不過，我卻知道他們的沉沒地點！」

我皺了皺眉，望着他。

摩亞堅定地說：「我看到它們的地方，就是它們沉沒的地點！」

「你認為沉船就在那地方的海底，你要將沉船找出來，是不是？」我問。

摩亞點頭道：「是的。**我可以肯定**，我看到的三艘船，就是這三艘！」

我仍然皺着眉，「就算真的找到了沉船，對調查庭的**裁決**有影響嗎？」

摩亞苦笑了起來，「我不知道，調查庭可能仍然不接受『鬼船』的解釋，但至少，我可以**問心無愧**，

當時我做的決定，並非出於幻覺，我依然是一個及格、稱職的船長！」

我很明白他的感受，我考慮了一下，然後問：「如果你要去找那三艘沉船，那麼，你必須要有船，及其他所需設備。」

摩亞聽出我已經肯答應他的請求了，高興得手舞足蹈，「我有。我對你說過，我父親是一家很大的輪船公司的**董事長**。」

「他願意幫助你？」我問。

「是的。」摩亞說：「我和他談了很久，他終於答應給我一艘性能極卓越，可以作遠洋航行的 **遊艇**，以及所需要的潛水和探測設備。」

我遲疑了一下，「我必須提醒你，我並不是一個出色的**潛水家**。」

　　摩亞緊握着我的手，「你肯相信我和幫助我，已經足

夠了！」

第三章

霧中航行

除了我之外，摩亞還找了另一個人來幫忙，摩亞說：「他會在波多黎各與我們會合，你或許聽過這個人，他是大西洋最具威望的潛水家，**麥爾倫先生**。」

我有點訝異，「我不但知道他，而且曾見過他。不過，他好像已經**退休**了。」

「去年退休的，但是在我力邀之下，他答應幫助我。」摩亞搓着手，顯得十分興奮，「你想想，麥爾倫，再加上我和你，一定能找到那三艘船！我真的見到那三艘船，**它們是存在的！**」

我雖然認為那多半是他腦海中產生的幻覺，但既然已答應了他，便拍拍他的肩頭説：「你的船停在什麼地方？後天**早上**，我來和你會合。」

摩亞高興道：「好，那船叫『毛里人號』，就停在三號碼頭附近，你一到碼頭就可以看到它，**我等你！**」

我和摩亞船長的第一次會面，便到這裏結束。

在接下來的一天半時間裏，我不但準備行裝，而且還**拚命**看關於西班牙航海史的書。我發現，摩亞給我看的那本書，可能是早已絕版的孤本；因為在其他書籍中，幾乎沒有關於狄加度家族的記載。只有一本書約略提及，稱狄加度家族為**叛徒**。

我估計，大概是政治上的原因，使狄加度家族被清除於歷史之外。

我又查閱了麥爾倫的資料，正如我所知道的，他毫無疑問是世界上最優秀的潛水員之一。

到了約定的那個早上，我上午八時就來到碼頭，還未發現那艘「**毛里人號**」，就看到摩亞向我跑來，滿面汗珠，緊張道：「你來了，我還擔心你不來呢。昨天我已經向調查庭要求延期，理由是我需要**時間**搜集證據，證明那宗事故並非我的過失，調查庭給了我一個半月的時間。」

我點頭道：「我想，那絕對足夠了。」

「毛里人號」的樣子很古怪，似乎是故意模仿毛里人的獨木舟外形來建造的。摩亞對「毛里人號」顯然有一種異樣的**熱誠**，他和我一起上甲板時，不斷問我：「你看這船怎麼樣？」

「它的樣子很奇特。」我說。

摩亞一面帶我到船艙去，一面不斷**撫摸**着船上擦得閃亮的銅器部分，神態猶如撫摸着自己的孩子一樣。

35

這狹長的船上，只有一個艙。艙尾位置有兩張雙人牀，艙中間是一張 **長桌子** 和一些椅子，而近船頭部分則是駕駛台。

船艙裏還有大量的潛水用具，摩亞迫不及待說：「我們立刻啟程。這船的外形雖然獨特，但操作起來跟其他船差不多，難不倒你。由於航程太長了，我們三人一定要輪流 **駕駛**，這船上有很多書，在海上是不愁沒有消遣的。」

我沒有說什麼，逕自來到駕駛台前，看着摩亞操作，果然和一般的船無異。

他匆匆發動了機器，「毛里人號」便開始向外駛去，不到一小時，船已經在 **茫茫大海** 之中了。

在海上航行的日子裏，也沒有什麼值得記載的，我唯一的 **消遣** 就是翻閱船上的那些書。

十多天後，我們在波多黎各與麥爾倫先生會合。他的

身體壯碩如牛，有着一頭紅髮，説自己的祖先是北歐的維京人。由於他十分健談，我們三個人相處得很融洽。

「毛里人號」稍作補給後，馬上又繼續航程，往北航行。當航行在**一望無際**的大西洋中心時，我們都不期然地緊張起來。因為距離摩亞看到「鬼船」的地點愈來愈近了。

離開波多黎各後第四天的清晨時分，值班的摩亞突然把我和麥爾倫從**睡夢**中搖醒，神情十分緊張地説：

那時天才開始亮，海面上是一片灰濛濛的霧，什麼也看不到。

我們發現摩亞已關掉了機器，任由船在水上漂浮着，我和麥爾倫都搞不懂摩亞在幹什麼，我疑惑地問：「怎麼啦？」

摩亞神情緊張地説道：「別出聲，聽！」

我於是用心去聽，但實在沒聽到什麼特別的聲音。我正想開口，摩亞立時又向我作了一個手勢，示意我繼續聽下去。

我無可奈何，又聽了一會，然後忍不住向**麥爾倫**看去，從他的神情看來，他也和我一樣，完

全沒聽到任何值得注意的聲音。

又過了片刻，摩亞終於再開口：「你們聽不見麼？有**海水**撞擊船頭的聲音。」

我呆了一呆，再認真地細聽，果然在寂靜之中，有着海水撞擊船頭的「啪啪」聲，但因為這種聲響十分平常，所以我沒有特別注意。我說：「我們在海中心，海水撞擊着『毛里人號』，有什麼值得的？」

摩亞立時搖頭道：「不。一艘船在航行時與海水撞擊的聲音，和一艘船在漂浮時被海水拍打的聲音，是不同的，你或許分辨不出來，但我絕對能**辨認**到。」

麥爾倫也不禁緊張起來，低聲道：「你的意思是，有一艘船，正在離我們**不遠處**行駛着？」

摩亞點頭，「是的，而且根據聲音聽來，它的速度大概是三海浬左右。」

他講到這裏，略頓了一頓，又補充道：「這正是十五世紀**五桅船**的行駛速度！」

我也被摩亞的話，弄得有點緊張起來，深深地吸了一口氣，而麥爾倫比我更**緊張**，他叫了出來：「鬼船？」

摩亞沒有回答，而我則竭力地想在**濃霧**中看到一些什麼，可是霧實在太濃了，我什麼也看不見。不過，在經過摩亞提醒之後，我倒聽出，那種海水撞擊的「啪啪」聲，的確不是從「毛里人號」的船身發出來的，而是來自離開我們有一段距離的**海面**。

我忙問：「這種聲音那麼低，你是怎麼發現的？」

摩亞仍然**全神貫注**地望着濃霧，「那是我的直覺，我感覺到好像有船在接近我們！」

我挺直身子，「好了，我們別再在這裏打啞謎了，拿霧燈來，我到船頭去打信號，如果真有船在我們附近，對方一定會看到**信號**的！」

麥爾倫卻低聲道：「但如果那是『鬼船』——」

我不等他說下去，就立時打斷了他的話，「老實說，到現在為止，**我仍不相信有什麼鬼船！**」

我一面說，一面已轉過身去，找到了一盞霧燈，走出船艙，來到了甲板上。

霧是如此的濃，我到了甲板上，連自己的船頭也看不清。我**小心翼翼**地走出了幾步，靠着船艙站着，高舉起那盞霧燈來，不斷發出信號。

我發出的是一句最簡單的話：

「請回答我！」

霧燈的 橙黃色 光芒在濃霧中一閃一閃，我重複了這句話十幾遍，才停下來，四面張望着，等候回音。

可是，四面只有白茫茫的一片濃霧，看不到任何船，也看不到任何回應的燈光。

我正想再發信號時，忽然聽到身後有人説：「不用了，它們已經走了！」

那聲音 突如 其來，嚇了我一跳，不過我很快就聽出那是摩亞的聲音。

他説完後，我立即細心傾聽，果然，那種聲音已 消失 了，而海水拍打「毛里人號」的聲響，和剛才我們所聽到的那種聲響，確實有顯著的不同。

我和摩亞都陷入**沉思**之際，麥爾倫卻突然在船艙

裏激動地大叫：「你們快來看！」

第四章

我拉着摩亞，一起回到船艙中，只見麥爾倫指着

顯示屏，緊張地説：「剛才雷達記錄到，曾經

有船接近過我們。」

摩亞連忙操作機器，

剛才記錄的數

據，果然看到有「東西」

在我們不遠處掠過。

摩亞和麥爾倫都呆住沒有說話，可以看出他們兩人都相信有「鬼船」這回事，而我卻質疑道：「就算剛才真的有船經過，也可能是普通的船而已，我不認為那是『鬼船』，你們不必大驚小怪。」

摩亞仍然呆着，麥爾倫問他：「摩亞，我們快到目的地了，是不是？」

摩亞搖着頭，「不是快到了，而是已經到了。」

船艙中又寂靜了下來，而這時海上的濃霧也漸漸消退。

我吸了一口氣，打破沉默：「既然已經到了目的地，我們可以開始潛水了。」

摩亞和麥爾倫互望了一眼，我又說：「海底探測儀也可以開始使用了。」

「毛里人號」有着齊全的海底探測設備，如果探測儀測到海底有**金屬**，那麼摩亞的推測很有可能是正確的，海底的確有沉船在！

摩亞也吸了一口氣，説：「好，我們開始吧，願上帝保佑我們！」

他連續按下了好幾個**按鈕**，又調節着一些鈕掣，其中一個顯示屏便亮了起來，表示探測儀已開始運作。

麥爾倫着急地來回踱步，「沒有用的，我們必須親自下水去看，才會有**收穫**。」

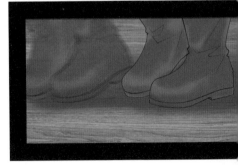

我望向麥爾倫，他做着手勢解釋：「我對於打撈年代久遠的 **沉船** 很有經驗，如果船已沉了幾百年，它們船身的絕大部分恐怕已埋在海砂之中，就算有若干金屬部分露出於海砂上，也必然鏽層極厚，對於 **探測儀** 的反應十分微弱。」

我同意麥爾倫的説法。海上的濃霧結集得快散得也快，這時，我抬頭向艙外望去，已是碧波浩瀚，萬里晴明了。

除了我們這艘船之外，在大海上 **極目四顧** ，看不到水面上有任何其他的船隻。

摩亞望着大海，念念有詞：「不見了……剛才那艘船，如果以三海浬的速度 **行駛** ，現在我們應該還能看得到它的！」

49

他始終認為那是鬼船，我只好笑了笑，「下次如果再聽到那樣的**聲音**，我一定要放下小艇去，循聲追蹤，看看究竟是什麼東西發出來的聲音。」

摩亞聽了我的話，神情變得很緊張，臉色也很蒼白，我問：「如果那真是 **鬼船** 的話，我這樣做，會有什麼後果？」

摩亞非常嚴肅認真地說：「你將會 **消失** 得無影無蹤！」

他略頓了一頓，又補充道：「在若干時日之後，鬼船再度出現，可能你會被人 **發現**，正在鬼船上做苦役！」

我幾乎想笑出來，但我沒有那樣做，因為我看出摩亞是非常認真的，並非 **開玩笑**。

我只好輕描淡寫，裝幽默地說：「那倒好，人的生命

本來是有限的，但這樣一來，就有可能變成 永恆  了，對不對？」

摩亞皺着眉，似乎對於我這個問題，他一時之間也 想不通。

而麥爾倫在這時候已經迫不及待地大聲說：「別只顧說話，我們要開始行動了！我的意思是，我們每次由一個人下水，距離不超過五百碼，然後移動船隻。」

我和摩亞都同意他的做法，我們先 合力 將一具海底推進器放下海去。所謂「海底推進器」，其實是構造很簡單的東西，它的前端和尾端都有推進器，利用強力的 蓄電池 來推動，兩旁可以掛上兩罐備用的氧氣筒，和一枝強力的漁槍，前端還有照明燈。

這種推進器，可以大大節省潛水者的 體力，而且帶來許多便利。

麥爾倫已穿好潛水衣，揹上了氧氣筒，說：「當然由我先下水！」

他是世界上最出色的潛水家之一，由他先下水，我和摩亞當然沒有異議。

他純熟地在船舷作了一番熱身運動後，就跳進水裏去，伏在推進器之上，開始緩緩向前駛，並向下沉去。

麥爾倫戴着防水的頭罩，內裏有對講機，所以他能輕鬆地和我們講話。對講機傳來他的聲音，不斷報告着：「現在

我到了三十米深度，水裏很平靜。五十米，**能見度** 相當高。七十米，我想這一帶的海水不會太深。」

摩亞回頭看了看記錄儀上探測所得，説：「船底之下，有二百米左右。」

過了一會，麥爾倫的聲音又傳了上來：「我看到海底了，海底的砂又細又白，**一望無際**，天啊，簡直是海底的沙漠！」

「沒看到沉船的痕迹嗎？」摩亞緊張地問。

「暫時沒看到。」麥爾倫説：「我會仔細地觀察，希望沉船沒有完全被海砂掩埋。」

麥爾倫和摩亞一樣，**心**中已認定有沉船存在。

我們三人不適宜同時工作，必須輪班，輪流休息。摩亞和麥爾倫正搜索得非常投入，自然不願**休息**，那我只好把握機會，先去休息了。

我走出甲板，在一張**帆布椅**上躺了下來，撐開了遮陽傘，日暖風和、海風習習，十分舒服。我躺下沒多久就睡着了。

在船身輕微搖晃之下，吹着和煦的**海風**，人睡得特別沉。當我一覺睡醒時，睜開雙眼，不禁有點吃驚。

因為當我睡着的時候，大約是上午九時左右，而現在已經**日上中天**了。

我連忙起來，看看手表，已經十二時多，這一覺我睡了三個多小時！

我大聲喊：「摩亞，麥爾倫應該上來了吧？」

可是，**沒有人**回答我。

同時，我看到那小型無線電對講機掉在**船舷**上。我連忙走過去，拾起對講機，立時聽到一陣輕微的「沙沙」聲從對講機傳出，似是海水流過的聲音。

我大吃一驚，全身感到不寒而慄。因為這海水流動的聲音，說明了另一邊的對講機正在水中，但它應該在麥爾倫的**防水頭罩**內的，若非遇到意外，怎會碰到了海水？

我慌忙向船艙方向喊叫：「**摩亞**！」

可是，仍然沒有人回答我。我又向着對講機說：「麥爾倫，發生了什麼事？」

我得不到回答，卻聽到一連串的

敲擊聲，自對講機傳來。

「摩亞，你在幹什麼？」我一面

放盡喉嚨大叫，一面衝進了船艙，發

現摩亞竟然不在船艙之中。而我在甲

板上也沒看到他，那表示：摩亞不在

船上！

我呆住了，不禁頭皮發麻，**雙腿發軟**，而我手中的對講機依然不斷傳出那種「啪啪」的敲擊聲，似是將釘子鎚進木頭的聲音！

我**不由自主**地喊叫了許多聲，叫喚着摩亞和麥爾倫的名字，但得不到任何回應。

我喘着氣，嘗試令自己鎮定下來，努力思考究竟發生了什麼事。

在我睡着之前，一切還進行得十分順利，摩亞和麥爾倫都是他們各自領域中**最傑出**的人物，而天氣又這麼好，我認為不會發生什麼意外，所以才去睡的。

然而，偏偏就在我認為不會有意外發生的時候，卻出了**意外**——我一睡醒，摩亞和麥爾倫都不見了！

第五章

隱瞞怪事

摩亞不在船上，這一點是可以肯定的，而船停在大海之中，他不在船上，那就一定是在海中。

如果他不是意外掉海，那麼，他就是主動下海的。我立時去查看那些 **潛水裝備**，發現果然少了一份潛水工具，包括兩罐氧氣、一個防水頭罩，和一具海底推進器。

我幾乎可以肯定，摩亞的確是潛入海底去了，而且那是突然之間的決定，他的行動一定十分匆忙，因為剩下來的潛水工具被他弄得很 **凌亂**，而且也來不及叫醒我。

現在我能做的，只有**兩件事**，一是在船上等他們回來，二是也潛下水去找他們。我選擇了後者，於是俯身提起一罐氧氣，拿了頭罩和潛水衣，便匆匆向船艙外走去。

我才出船艙，正想穿戴裝備下水之際，看到離船不遠處，平靜的海面上冒起了一陣**水花**，接着一個人冒出水面來。

由於對方戴着**頭罩**，我一時之間還不能確定他是摩亞，還是麥爾倫。

然而，看到有人從海中冒出來，已足夠令人高興了，我立時大聲喊：「喂，發生了什麼事？」

那人脱下了頭罩，是麥爾倫，他的臉色很**蒼白**，這是可以理解的，他畢竟已在海底超過三小時了。

麥爾倫向船**游**來，我連忙問：「摩亞呢？」

他並沒有回答我，一直游到船邊，抓住了梯子的扶手，大口吸着氣。

我還想再問，但這時又有一蓬水花冒起，一個人浮了上來，自然是摩亞了！

一看到他們兩人都浮了上來，我大大地鬆了一口氣，走近**梯子**，先伸手將麥爾倫拉上來，然後到摩亞。

　　摩亞到了船上才將頭罩除去，他的臉色看來一樣蒼白
得可怕。

　　「喂，你怎麼趁我睡着的時候，一聲不響😣就
下了去呢！」我責問道。

　　摩亞只是向我苦笑了一下，沒有說什麼，神情十分古
怪，我立時又向麥爾倫望去，他的神情和摩亞是一樣
的。

而更令我起疑的是，他們兩人互望了一眼，那種神情分明是兩人之間有了什麼默契，要 **隱瞞** 某個秘密。

這使我感到十分不快，他們察覺到我臉上不悅的神色，摩亞連忙說：「你剛才睡得很沉，所以我沒有叫醒你。」

我立時質問：「我們不是講好了 **輪流** 下水麼？為什麼麥爾倫還在水中，你又下去了？」

摩亞偏過頭去，不敢望我，含糊其詞道：「我忽然想去看看海中的情形——」

他講完這句話後，立時換了話題：「對了，我想我們應該向最近的 **港口** 報告一下我們所在的位置，以防萬一有什麼意外——」

他一面說，一面向船艙走去，但是他只跨出了半步，我一伸手就 **抓** 住了他的肩頭，「等一等，我還有話要問你。」

　　摩亞轉過頭來，皺着眉，我問他：「你下水的時候，十分匆忙，究竟發生了什麼事？」

　　摩亞呆了一呆，才說：「發生了什麼事？什麼事也沒有啊。」

　　他抬起頭來，向麥爾倫大聲道：「**什麼事也沒有，對不對？**」

只見麥爾倫上船後就一直癱在帆布椅上，直到摩亞大聲問他，他才像被**針**一刺一樣，坐直起來說：「對，沒有什麼，當然沒有什麼！」

這時，我不但感到不滿，還簡直到了憤怒的程度！

因為他們兩人**一唱一和**，分明是早有準備的，但他們的「演技」實在太粗劣了，根本將我當作是傻瓜！

我強抑着怒火，冷笑道：「我醒來的時候，發現對講機落在**甲板**上，而它傳出如同敲釘子般的聲音，那是什麼？」

麥爾倫神色不定，似乎要思考一會，才能回答我的問題，他說：「哦，那或許是**對講機**碰到了推進器之後，發出來的聲音。」

他不提起推進器，我一時之間倒還想不起來，我立時追問：「我剛才 檢查過，我們少了兩具海底推進器，到哪裏去了？」

摩亞和麥爾倫都沉默了半晌，然後摩亞說：「衛先生，你在懷疑什麼？」

我忍不住開門見山道：「我不是懷疑，而是肯定——肯定你們在海裏遇到了一些什麼，卻隱瞞着我！」

摩亞轉過頭去，望着平靜的海水，淡然道：「你實在太多疑了。」

摩亞說完這句話後，已走進艙中，我向麥爾倫望去，只見他又在帆布椅上躺了下來，**閉着眼睛**。

剎那之間，我心中只覺得好笑，因為這件事本來與我無關，是摩亞不斷來求我，我才答應**遠一行**的。別說我自始至今，根本不信「鬼船」之說，就算我相信，真的找到了沉船，於我又有什麼好處？頂多滿足一下我的**好奇心**而已。如今他們既然對我隱瞞，那我為什麼還要繼續下去？

想到這裏，我不禁**哈哈大笑**起來，麥爾倫立時睜開了眼，用吃驚的神情望着我，我睬也不睬他，走進了艙中。

摩亞真的在操作通訊器，我在牀上躺了下來説：「你和最近的港口取得聯絡後，最好請他們派一架水上飛機來。」

摩亞轉過頭來望着我，我雙手放在腦後，毫不在乎地説：「我不想再找什麼沉船了。」

「剛才我聯絡到的港口警告説，這一帶很快會有暴風雨，我想，我們要開足馬力趕回去了。」

摩亞這樣説，多少使我感到意外，雖説天氣變幻無常，但以現今的天文科技，我們在事前不可能不知情，而且以「毛里人號」的性能，加上摩亞引以為傲的航行技術，會因為一場暴風雨而折返嗎？我立時想到，那一定是摩亞的藉口，但是，為什麼他只下了一次水，就要回去呢？

本來我要追問下去，但想到**事不關己**，還多問幹什麼？於是懶洋洋地說：「那也好，趁天氣還沒有變，我們快走吧！」

摩亞應了一聲，我便聽到**鐵鏈**絞動的聲音，他已收起了錨，準備回程了。

在接下來的幾天航行中，我和他們兩人說不上十句話，我甚至避免看到他們，因為我實在**討厭**他們兩人眉來眼去，一同隱瞞着秘密的那種神色。

船一到波多黎各的港口，我立即棄船上岸，乘搭一架小型商用飛機，到了美國。

麥爾倫和摩亞倒還送我上飛機的，但我自顧自地提着**行李**，連「再會」也沒有和他們說。

當我由美國再飛回家，在**飛機**上，我慶幸自己擺脫了那兩個可厭又虛偽的傢伙，同時卻又很後悔浪費了

那麼多天的時間。

　　我回到家中，留意一下氣象，發現大西洋那一帶根本沒有任何風暴相關的消息，摩亞純粹是**胡謅**的，這使我對他的印象更加惡劣。

　　事情就這樣告一段落，過了二十來天，我甚至已將這件事完全忘記了，但偶然在一本體育雜誌上，看到了有關麥爾倫的消息，那竟然是麥爾倫在**寓所**吞槍自殺的一篇報道！

第六章

一個死了，一個瘋了

我看到那篇報道，登時大吃一驚，它還附有麥爾倫自殺之後，伏屍在地板上的照片，其手中仍拿着一柄槍。

那篇文章報道得很詳細，麥爾倫是遠行甫歸就自殺的。他的**鄰居**都知道他離家大約半個月，卻沒有人知道他要去什麼地方，有幾個鄰居指出，麥爾倫離家的時候，心情非常好，還與他們**談笑風生**。

記者又查出，麥爾倫曾購買飛往波多黎各的機票，但是他到了波多黎各之後，卻沒有人知道他的行蹤。文章的

最後這樣寫：「是什麼使麥爾倫自殺呢？他是不是在這次中，遇到了什麼不可思議的事？麥爾倫的自殺，目前仍然是個謎！」

我看完整篇報道後，不禁呆了半晌。而記者所不知道的是，麥爾倫到了波多黎各後，與摩亞和我會合，一起乘坐「毛里人號」，出發搜索沉船去。

然而，我們駛到了百慕達附近，在那裏只不過停留了四五個小時就走了！

若説有什麼「神秘事件」使麥爾倫**自殺**，我立即想起，當時麥爾倫和摩亞從海底回到水面時，那種遲疑和怪異的神情，説明他們可能在海底見到了什麼，卻又**隱瞞**着我！

但是他們究竟在海底見到了什麼？麥爾倫的自殺，難道真和海底的事情有關係？我心中很亂，但無論如何，我認為我應該和摩亞聯絡一下。

摩亞的**手機**接不通，但我記得他所服務的輪船公司名稱，於是打電話到那家紐西蘭的輪船公司，嘗試找摩亞船長，一個帶着相當沉重愛爾蘭口音的人來接聽：「你好，我就是摩亞，**彼得摩亞**。請問閣下找我是——」

我猜他可能是摩亞的父親，所以我立即説：「對不起，我要找的是**喬治摩亞**，最近從美洲回來的那一位。」

電話那邊沉默了片刻，才説：「你是什麼人？」

我作了簡短的 自我介紹 ，並且説明了我和摩亞船長認識的經過。

當我説完之後，電話那一邊的聲音突然變得急促起來：「請你等我，我 馬 上 來見你。」

我登時一呆，「先生，你在紐西蘭，而我在——」

那位彼得摩亞先生卻着急道：「我來見你，我立即就可以上飛機！」

我不免有點駭然，心想一定有什麼 事故 ，發生在摩亞船長身上，我慌忙問：「摩亞船長他怎麼了？是不是發生了什麼事？」

摩亞先生的聲音很急促：「是的， 我是他的 父親。」

「我已經料到了，到底發生了什麼事？」我問。

摩亞先生說：「**他瘋了**，我必須來見你，我們見面再談好不好？」

一聽到「**他瘋了**」這三個字，我登時呆住了，這三個字可以有兩種意思：一種是批評他的行為和抉擇很不理性。而另一種則是客觀、醫學上的描述——他真的神經錯亂，發瘋了！

我一直以為摩亞先生所講的是前者，但直到他乘坐**私人飛機**來到我所在的城市，和我見面後，我才知道，他所講的情況是後者——摩亞船長是真的瘋了！

摩亞先生是一個高瘦的中年人，和他的兒子完全是兩種類型，我一眼就可以看出他心中有着相當程度的憂傷，只是他**竭力**在掩飾着，不顯露出來。

他顯然是那種不苟言笑的企業家，我們握手時，他用炯炯的目光注視着我。

我請他坐下，他立即開門見山問：「我們盡量不要**浪費時間**，喬治在三天前回來，我一見到他，就看出他有着極度的困惑，簡直是換了一個人，他什麼也不對我說，我要知道究竟發生了什麼事！」

他這樣**單刀直入**地問我，使我一時間不知該從何說起，他見我沒有立即回答，又說：「如果你不肯說，那

麼我只好到美國去，找麥爾倫先生，我知道你們三個人是
在一起的！」

　　當他提到麥爾倫的時候，我心頭 **震動** 了一下，然
後才說：「麥爾倫先生已經死了，是自殺的。」

　　摩亞先生聽了後，登時睜大了眼，露出難以置信的神
情。我於是從 **茶几** 上取過了那本雜誌，翻開來，遞
給他。

他迅速地閱讀着那篇報道麥爾倫自殺的文章，一聲不響，只是呼吸愈來愈急促。

十分鐘後，他抬起頭來，聲音有點：「太可怕了！」

我微微點了點頭，只見摩亞先生將雙手放在膝上，身子挺直地坐着，正竭力使自己鎮定，但他的手還在微微發抖。

我開口問：「你在**電話**中說得不很明白，我想知道，摩亞船長究竟怎麼了？」

摩亞先生臉上現出深切哀痛的神色，「他瘋了！」

我沒有出聲，等他補充說：「他的神經完全錯亂，的醫生說，從來也未見過比他更可怕的瘋子！」

我心頭怦怦跳着，「摩亞先生，我和喬治相識雖然不深，但我確信他是一個自信十足，同時非常堅強的人。一般來說，這種人能夠經受打擊和**刺激**，不會那麼容易神經錯亂。」

摩亞先生用他微抖的手撫抹着臉，神態顯得很疲倦，「可是醫生說，再堅強的人，忍受刺激的能力也是有極限的，一旦超過了這個**極限**，後果可能更糟糕。」

　　我苦笑了一下，「那麼，他究竟受了什麼刺激？是因為他以後不能再航海，調查庭對他的事故作出裁決了？」

　　摩亞先生搖着頭，「不是，他申請延一期一開庭，已獲接納。」

　　「那麼，他究竟是為了什麼？」

　　摩亞先生直視着我，「年輕人，這就是我來見你的原因，也是我想問你的問題。」

　　我苦笑着搖頭，「我真的不知道麥爾倫為什麼要自殺，也不知道摩亞船長他為何會神經錯亂。我只能將我們三個人在一起的經過講給你聽。」

　　「請説。」摩亞先生顯得非常急切。

　　我於是將整件事的經過，向他講述了一遍。

我認為他們兩人下海的時候，一定遇到了什麼特別的事，才會令他們一個自殺，一個發了瘋。

我敘述完事情經過，並表達了自己的看法後，摩亞先生 **沉默** 了好一會，沒有說話。我忍不住開口問：「我很想知道，他回來之後的情形。」

摩亞先生悽然地搖着頭，「他未能支持到回來。」

「什麼意思？」

他解釋道：「『毛里人號』在悉尼以東一百餘海浬處，被一艘船發現。那艘船的船員，看到『毛里人號』像是 **無人操縱** 般在海面上漂流，於是靠近它，上了船，他們看到喬治正在縱聲大笑。」

我深深地吸了一口氣，摩亞先生繼續道：「『毛里人號』被拖回來後，醫生隨即為喬治 **診斷** ，證實他的神經嚴重錯亂，必須送進瘋人院！」

第七章

誘導摩亞

摩亞船長進了瘋人院，那簡直是我無法想像的事，我問他父親：「他除了縱聲大笑之外，還有説些什麼嗎？」

摩亞先生嘆了一口氣，「他間歇會説着一些毫無意義、莫名其妙的話，也叫喊過**你的名字**。」

我突然想起道：「我記得他在駕駛『毛里人號』的時候，有每天寫航海日記的習慣，你有沒有——」

摩亞先生立即點頭説：「是的，我知道他有這個習慣，所以也翻查過他的**航海日記**。」

「結果怎麼樣?」

摩亞先生嘆了一聲,打開公事包,取出一本日記簿遞給我,「我把日記帶來了,你可以  看一看。」

對於這本日記簿,我並不陌生,因為在「毛里人號」上,我曾不止一次,看到摩亞船長在這本日記簿上奮筆疾書。

我打開日記簿,迅速翻過了前面部分,直翻到發生事故的那一天,只見他在日記上用英文寫了「 回航 」,字迹相當

潦草。接着的三四天，日記上全是空白的。後來才又有了幾句，卻已經不是航海日記了，他寫的是：「現在我相信了，大海中是什麼事都可以發生的！」

那兩句的**字迹**潦草得幾乎無法辨認，然後一連幾天，他寫的全是「救救我」！

一頁又一頁密密麻麻的「救救我」，真是令人看得**怵目驚心**，由此可知他在回航的途中，精神遭受着極可怕的壓迫，他極力支撐着，但最終還是支持不下去。

他的最後一句「救救我」，甚至沒有寫完，只在簿子上劃了**長長的一道線**，可以猜想，從那一刻起，他的精神就徹底崩潰了。

我合上了日記簿，心情沉重得一句話也不想說。我一直**埋怨**摩亞船長和麥爾倫兩個人有事情瞞着我，但如今看來，他們的動機卻可能是為了我好。

他倆在海底遇到的事，一定不是普通人所能承受的，以致後來他們一個自殺，一個發瘋。他們不希望再有其他人 **承受** 那種刺激，所以當回到水面時，已有了默契，絕口不提在海中遇到的事。

「**醫生怎麼說？** 什麼時候能復原？」我關心地問。

只見摩亞先生搖着頭，「醫生說，對於神經錯亂，世界上沒人有把握說病人何時能 **痊癒** 。不過，如果能引導病人將所受的刺激講出來，或許有多少希望，在醫學上，這叫作『病因誘導法』。」

我苦笑道：「照你所說，他已經完全瘋了，什麼人能引導他正常談話？」

「或許……**當日和他在一起的人？**」他用誠懇的目光望着我。

　　我明白他的意思了，爽快地站了起來，說：「好的，我跟你去見他，希望能對他有幫助！」

　　摩亞先生也站了起來，握住了我的手，激動地說：「謝謝你！」

　　我和摩亞先生第二次見面，已經在機場，飛機起飛後，他又詳細講述了有關他兒子的事，讓我對摩亞船長有更深入的了解。

飛機降落後，有船公司的職員來迎接，載我們前往**瘋人院**。

那座瘋人院建造在山上，沿途經過不少地方，風景美麗得難以形容，翠巒綠草、**飛瀑流泉**，如同仙境一樣。

瘋人院的外牆是白色的，看上去十分整潔美麗，前院有一大片**草地**，不少病人正在護士的陪同下，在草地上散步，這些病人自然是病情較輕的。

我們穿過草地，走進病院大樓，內裏有着一股陰森之氣，各種可怖的呼叫聲**此起彼落**，實在比黑夜裏的基地還要可怕。

一個穿着白袍的醫生迎了過來，和摩亞先生握着手，摩亞先生立時問：「喬治的情況怎麼樣？」

那位醫生搖了搖頭，向我望了過來，摩亞先生替我們介紹道：「這位是喬治的**主治醫生**，這位是衛先生，喬治曾叫過他的名字。」

醫生和我握手後，先將我們帶到他的辦公室，並向我提醒道：「衛先生，喬治摩亞的病情現在發展得相當嚴重，當他**一個人**的時候，還比較安靜，可是一見到別人，就會變得十分可怕！」

我吸了一口氣，「我既然來了，一定要見見他，和他談話。」

醫生想了一想，說：「我建議你先在門外的**小窗**觀察他，等你看清楚他的情況後，再作決定。」

「好。」我同意他的安排，於是由醫生帶路，前往摩亞船長的**病房**。

我們來到一條 **走廊** 的盡頭，那裏有一扇門，門上有一個很小的玻璃窗，醫生向我示意，我便把頭湊上去，通過小窗觀察裏面的情形。

那房間的陳設很簡單，摩亞船長正呆呆地坐在一張椅子上。

當我第一眼看到他的時候，我登時吃了一驚，因為他和我在 **餐廳** 🍽 裏遇見的那個充滿自信、風華正茂的小伙子，完全變了樣！

我不顧醫生的警告，突然推門進去。

才一踏進 **病房**，我就聽到摩亞船長發出一下可怕的慘叫聲，我立時將門關好，只見他倒在牀上，雙眼充滿了恐懼的神色，望定了我，不住地搖着手，臉上的肉抽搐着，用發顫的聲音斷斷續續道：「**不，不！**」

我 💗 中真有説不出的難過，我將聲音盡量放得柔和，説：「摩亞，是我。」

但他的叫聲愈來愈尖鋭，尤其當我慢慢地走過去時，他恐懼得喘着氣，額上不斷滲出 汗珠 ，瞳孔放大，我只好在離他五六步處停了下來。

牀的一邊是靠着牆的，他一直瑟縮到牆角去。

我嘆了一口氣，「你怎麽連我也認不出來了？你不記得了？我們曾一起乘『毛里人號』去 尋找 沉船 。」

「沉船」兩字才一出口，摩亞船長又驚恐地尖叫起來，低着頭，將頭埋在被褥之中，我可以看到他衣服已滲滿了汗水！

他既然將頭埋在 被褥 中，看不到我，我便嘗試向前走，來到牀前，伸手在他的肩頭上輕輕拍了一下。

我幾乎只是 手指頭 碰到了他，他卻像被我刺了

一刀一樣，整個人直跳起，向我撲過來！

雖然醫生早已提醒過，但我還是沒想到他的來勢竟會如此兇猛！

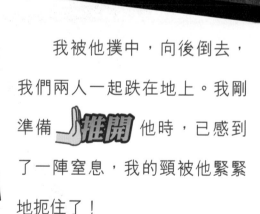

我被他撲中，向後倒去，我們兩人一起跌在地上。我剛準備推開他時，已感到了一陣窒息，我的頸被他緊緊地扼住了！

那一陣突如其來的窒息，令我 **眼前一黑**，幾乎昏了過去。

他一面用力地扼着我的頸，一面顫聲道：「你早該死了！你應該是 **幾根腐骨**，為什麼還沒死？」

我無法思索他這幾句話究竟是什麼意思，當時只知道，如果再不設法令他鬆開我，我就要被他扼死了！

我在迫不得已之下，只好抓住他雙臂的 **穴道**，使他略鬆開了手，然後用力把他摔回到牀上去。

病房的門也在這時打開了，醫生和摩亞先生一起衝了進來，我卻連忙將他們推出去，「你們快出去，我應付得來！」

94

他們退出去後，我扶起了

椅子 ，坐上去，一面揉着頸，

一面望着摩亞船長。

他也在牀上慢慢地坐起來，看上

去已鎮定了很多，不再恐懼，也不再

向我施襲，只是 **直勾勾** 地望着我。

我努力在自己的臉上擠出笑容來，

「怎麼樣，船長，現在可以談了麼？」

他仍是一動不動地望着我。

我本來想告訴他麥爾倫的 **死訊** ，但是一轉念

間，我決定 **欺騙** 他，我說：「船長，你不肯説也沒

有關係，麥爾倫已經完全告訴我了！」

第八章

不像沉船的沉船

摩亞船長的 **情緒起伏** 很大，聽了我的話後，忽然大笑起來。

我直視着他，認真地說：「你隱瞞着的秘密，已不是秘密，任何人都知道了！」

他震動了一下，又停止了笑。

我覺得我的話很有效，於是湊近他，質問道：「說出來！**你在海底◉見到了什麼？**」

當我的臉湊近他時，他發出了一下 **驚呼聲** ，雙手向我臉上抓來，幸而這次我已有了準備，立時後退。

只見他抓起了 **枕頭** ，遮住臉，全身在發抖。

我想去拉開他手中的枕頭，可是他卻死抱住枕頭不放，我在他的耳邊勸道：「摩亞，麥爾倫全説了，你也不必將 **恐懼** 藏在心裏。」

可是他一點反應也沒有，只是拚命用枕頭遮着臉。

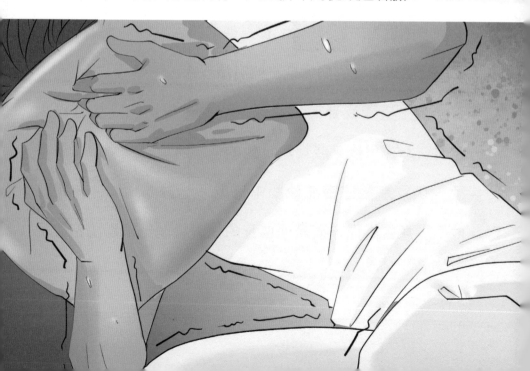

醫生終於忍不住又推門進來，「衛先生，到此為止吧，我怕他會支持不住！」

我嘆了一聲，和醫生一起走出病房。摩亞先生看到事情沒有進展，也只能苦澀地笑着。

我們又回到醫生的辦公室，醫生説：「衛先生，很可惜，你們的會面沒有起到作用。」

「不能説完全沒有用。」我説：「至少我知道，他心中有一個重大的秘密，那是他的病因，如果他能將這個秘密説出來，他的病情或許能有所改善，對嗎？」

醫生望着我苦笑，「對，我的確提出過這種『病因誘導法』。但後來我發現，他的情況可能是受刺激太嚴重了，以致那個秘密在他腦中已成了一片空白，不是他不願意告訴你，而是他自身的保護機制，把那秘密忘記了。」

「那麼，沒有辦法了？」摩亞先生緊張地問。

醫生說：「我花了很長的時間，查過世界各地同樣的病例，有若干個案是能**痊癒**的，雖然數目極少。」

我忙問：「他們用的是什麼方法？」

醫生說：「這方法聽起來有點**荒謬**，但確實有成功的個案，那就是：在病人面前講出那個秘密來，使病人再受一次刺激，而恢復正常。」

摩亞船長和麥爾倫在海底遇到了什麼，除了他們兩個之外，沒有人知道，而麥爾倫已經死了。我和摩亞先生**不約而同**地互望了一眼，立時明白對方在想些什麼。

他先站了起來，「不管他在 **海底** 見到了什麼，我到同樣的地點去，再經歷一次，就可以知道了！」

醫生大吃一驚，「摩亞先生，我絕對反對這樣做，我看這樣做的結果，就是我們這裏，再多一名瘋子！」

摩亞先生顯然不服，正想分辯之際，我卻突然説：「**我去！**」

他們對於我甘願冒險，都感到很驚訝，我解釋道：「你們或許不知道，我這個人最喜歡一切 **稀奇古怪** 的事，也不知見過多少怪事，不論他們曾在海底見過什麼，我也一定經受得起的。」

醫生望着我，沒有表達意見；摩亞先生則吸了一口氣，開口道：「如果你需要什麼 **報酬 $**——」

我立時打斷他的話：「我不要任何報酬，但我需要你為我提供一切設備。」

「當然沒問題，『**毛里人號**』**可以任你使用**。」

我搖了搖頭，補充道：「這次我不想用『毛里人號』，我想要一架性能優越的**水上飛機**。」

「絕無問題。」摩亞先生爽快答應。

我向摩亞先生點了點頭，然後在醫生的肩膊上拍了拍，「請你好好照顧摩亞船長，我會盡快回來！」

醫生喃喃地説：「願上帝保佑你！」

在接下來的幾天，我為我的遠征作充分準備，以摩亞先生的財力，做起準備工夫來，**事半功倍**。他替我準備了一架中型的水上飛機，並堅持要和我同行，但被我拒絕，我甚至不需要任何人和我同行，因為我無法保證他們能否承受得住**刺激**，會否落得摩亞船長和麥爾倫的下場。

　　摩亞先生為我安排好一切，我起飛的時間是下午二時，起飛之後，我採取直線飛行，一直到 **午夜**，才到了預定的第一個站，補充燃料。

　　飛行計劃十分順利，第三天中午，已經到了目的地的上空，我低飛 **盤旋** 了一會，測準位置，幾乎就降落在當日「毛里人號」停泊的地方。

　　那時天色很陰暗，烏雲密布，海水的顏色也顯得特別深沉。

　　我打開了機艙的門，望着大海，由於機身搖晃，海面看來就像一張反覆不定的 **大毯子**，使人有點頭暈。我定了定神，先放下了一艘充氣的橡皮艇，將應用的東西一件件縋下去，最後我也沿着 **繩梯** 落到小艇上。

　　我穿好了一切潛水裝備，便跳進水中，伏在海底推進器上，按照麥爾倫當日的方向潛下去。

當潛到海底時，我看到海底潔白的海砂，海底很平靜，我小心留意着海底的情形，可是沒有什麼特別的發現。

我繞了一圈後，開始繞第二個圈，將 半徑 擴大。

海底看來仍然很平靜，成群的魚在游來游去，當我來到 西北方 的時候，終於有新發現了！

那東西離我大約有一百米左右，起初我還不能確定那是什麼，但當我漸漸接近它時，便看清楚了，那毫無疑問是 一艘船 ，一艘沉了的船！

我的心劇烈地跳動起來，摩亞船長的推斷沒有錯，這裏真的有一艘沉船，那麼，他在海面上看到的「鬼船」，也是真的嗎？

這沉船的一半埋在海砂中，船首部分露在海砂上，海水清澈，我可以看得 清清楚楚 ，那是一艘西班牙海軍全盛時期的大船。

當我用海底推進器迅速來到 **船頭** 時，我看到船頭上的標誌，正是摩亞船長給我看過的那個徽飾。

我立時想到，摩亞船長和麥爾倫一定也看到了這艘沉船，當日是麥爾倫先下水的，我估計他看到了沉船後，立時通知了摩亞船長。當時我正躺在帆布椅上 **沉睡** Z^{Z^Z}，摩亞船長在接到了麥爾倫的報告後，並沒有叫醒我，或許是因為他太着急要下水去看看了。

可是接着又發生了什麼事，令兩人神色倉皇地冒出水面，立刻回程，最後還一個**自殺**，一個成了瘋子？

不論他們當日遇到了什麼，我現在既然已看到了沉船，他們所遇到的事，我應該也會經歷到。

我伸手**撫摸**船身，根據摩亞船長的考證，這艘船沉在海底已經有好幾百年了，但當我觸摸到船身時，卻一點也沒有朽木的感覺，堅實的木頭保養得十分好！

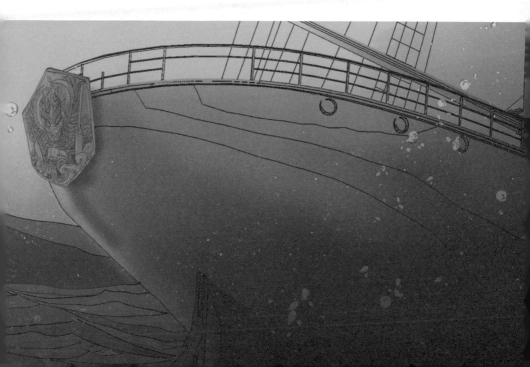

　　我大大感到不對勁，連忙用推進器快速向上升。整艘船是以 **四十五度角** 傾斜着的，船首向上，船尾埋在海底潔白的幼砂中。當我升上船頭，再落到甲板上的時候，我把整艘船看得更清楚了，居然這時候才察覺到此沉船最驚人的地方，那就是：它不論從任何角度看來，都是一艘 **新船** ，絕不是沉沒了數百年的沉船！

第九章

　　我將推進器固定在船邊，然後攀着甲板上的東西，細心觀察，不論 **視覺**👀 或 **觸覺**👐 都在告訴我，這船是新的！

　　那種驚異的感覺，使我幾乎無法呼吸。我極力使自己鎮定下來，慢慢游到一扇艙門前，伸手輕輕一拉，門便打開來了，艙內相當 **黑暗**，一時之間看不清有些什麼。但我還是先游了進去，靠着我頭罩上的照明燈，一點點看清楚那是一個空的船艙，內裏什麼也沒有。

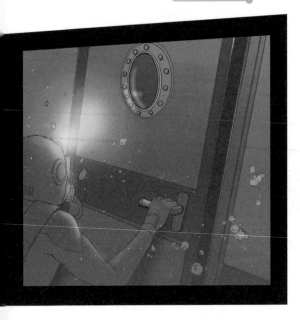

我無法想像自己究竟在什麼地方，一艘沉沒了幾百年的船，不可能如此簇新；但説它是剛沉沒的新船，也很**荒謬**，現今世界哪裏還有這種古老款式的五桅帆船？

我在這船艙裏**上上下下**游了一遍，正準備去察看船上的其他部分時，突然聽到一陣「啪啪啪」的聲響，自下面傳了上來，嚇了我一跳。

那種聲響，聽來像是有人在用鎚**敲釘子**。而且我不是第一次聽到了，當日我在「毛里人號」一覺睡醒時，掉在甲板上的**對講機**就有這樣的聲音傳出來，只是現在我更直接地聽到這聲音了。

　　我連忙游出了船艙，那聲音聽來更清晰，是從船尾部分傳過來的，也就是説，這聲響來自沉船埋在海砂的那部分！

　　一艘船，在海底沉沒了**幾百年**，有一大半被埋在海砂之中，而埋在海砂中的那一部分，居然會有鎚敲釘子的聲音傳出來，這是多麼可怖的事！

　　我雙手拉住了船舷，竭力鎮定心神之際，忽然看到一部**對講機**擱在船舷的一處縫隙內。我相信，當日在「毛里人號」甲板上聽到的聲音，一定是由這部對講機傳來的。

　　但對講機為什麼會擱在這裏，恐怕只有摩亞船長或麥爾倫才知道。我唯一想到的情形是，摩亞船長當時下水太 **匆—忙** 了，一時忘記把對講機放進頭罩裏，而發現沉船後，隨手就把對講機擱在一旁。

　　接着我又發現，傳出聲響的地方，艙門是 **半打開** 的，可以使我進入船的內部去，而且看來，海砂只不過 **淹沒** 了船的外部，並未侵入到船內。

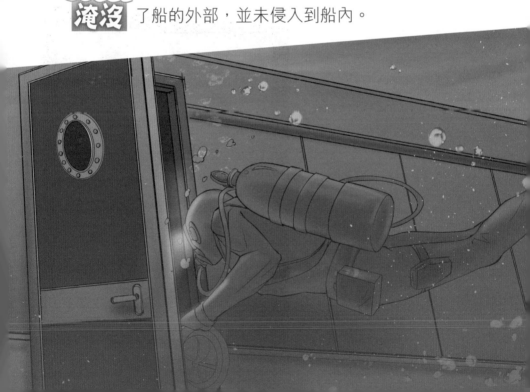

這自然也是不可能的，一艘船既然在海中數百年，當它的一大半已被海砂淹沒，船內每一個空隙自然也會被海砂填滿。但這艘船就是如此**怪異**，使我禁不住好奇心，決定從那扇艙門鑽進去。

我鑽進去後，循着那聲響的來源往下游，經過一個又一個**船艙**，那些船艙都是空的，我一直游到船尾部分，那種「啪啪」聲愈來愈近。

我在想，可能有一條**大魚**被困在船艙中游不出來，撞着艙壁而發出聲音。但我心中知道，這兩種聲音是不同的，我所聽到的，分明是有人用着鎚子在**敲釘子**的聲音。

終於來到了一個船艙的門口，我可以肯定，那種敲打聲是從這個船艙裏傳出來的。也就是説，只要我伸手推開門，就可以看到究竟是什麼東西在發出那種怪異的聲音來！

我戰戰兢兢地伸手去**推門**，可是那扇門卻推不動。

根據位置來推斷，這艙房可能就是這艘沉船的船長室。

我繼續用力推，依然未能將門推開，心中有點不服氣，打算連同膝頭一起**用力**撞門之際，那「啪啪」聲戛然而止，門也打了開來，但並不是由我撞開的。

別忘記船是呈四十五度角斜埋在海砂中，所以門一打開，我就**失重**掉了進去。

當我止住了下沉之勢時，身體已經碰到了門對面的艙壁，我轉過身來，立時看到了任何人都無法想像的事——在我的對面，燈光所及的地方，有一個人！

最令人驚訝的是，這個人身上竟然沒有任何**潛水裝備**，猶如身處陸地上一樣，但穿着非常復古的衣服。

他的頭髮向上浮起，**睜大了眼睛**👁️👁️望着我，在他的面前，是一口相當大的木箱子，而他手中握着一柄鐵鎚。

一個人在木箱上鎚鐵釘，放在陸地上的話，是非常普通的事。但出現在海底一艘沉沒了數百年的沉船之中，而那人又完全不用借助潛水裝備，那是**恐怖電影**🎥，或是卡通片才會看到的事。

我看見那人口中噴出**氣泡**，揮着鐵鎚，向我擊來。

他的第一鎚，就打破了我頭罩上的燈，使我面前變成漆黑一片。我頓時失去了**反抗能力**，只感到對方的鐵鎚不斷地擊打在我的身上。

若不是在水中的話，我一定被對方的鐵鎚打得骨斷筋裂，幸而水的**阻力**救了我，我只感到一下又一下的打擊，卻並不致命。

當我胡亂竄逃，終於碰巧浮出了艙門口時，身上已不知捱了多少下擊打。我連忙向上浮去，幸好那個人似乎沒有追來。

我一直向上游，是怎麼離開那艘船的，我也不清楚，只知道拚命朝着

光亮的方向游去，最後終於升上了海面。當我從海水中冒出頭來的時候，第一眼就看到那水上飛機，停在離我不遠處。

那時我心中只有一個念頭：那是**不可能**的，剛才全是我在海底所產生的幻覺。

我向前游，抓住了**水上飛機**艙口垂下來的梯子，甩去頭罩，大口喘着氣。頭罩浮在水面上，我可以清楚看到，頭罩頂部的燈已被擊碎了。

如果我在海底的遭遇全是**幻覺**，那麼頭罩上碎裂了的燈又怎麼解釋？

　　我勉力使自己定下神來，將浮在海面上的頭罩撈起，一口氣攀進了機艙之中。

　　坐下來後，我**細心**察看那個頭罩，發現不但照明燈被打碎了，頭罩上還有很多凹進去的地方，顯然是被鎚子敲打出來的。

　　我眼前立時又浮現出海底那個人，揮着鎚子向我襲擊的影像，而我的頭還在隱隱作痛。

　　那實在是太可怕了，我整個人像虛脫了一樣軟癱着，如**木頭人**般呆坐了幾小時之久，才突然跳了起來，關上機艙的門，然後發動引擎，全速起飛。

　　等到飛機上了半空後，我一面喘着氣，一面和最近的港口**聯絡**，請求他們讓我緊急登岸。

　　我這樣緊張，並非因為水上飛機出了什麼毛病，而是駕駛飛機的人出了毛病！

雖然以我的飛機駕駛技術，應付這種水上飛機可謂 綽綽有餘 ，但這時我的身體在不住發抖，我只求能 盡快回到陸地上，讓我可以「腳踏實地」，好好靜上一 靜。我甚至連港口控制室的回答也聽不清楚，幸而還有一 分理智，使我能向最近的 港口⚓ 飛去。

當水上飛機降落，停泊到港口時，我依稀聽到了救護 車的 緊急◐呼號聲 ，但接下來的情形我卻不知道 了，因為我已經支持不住，昏了過去。

第十章

遭遇不幸

我醒來的時候，已經住在醫院裏了。

一位醫生在病牀前，看到我醒來，立時說：「你受了極大的刺激，我已替你注射了**鎮靜劑**，你最好再睡一會。」

我眨着眼，想坐起身來，但是我的身子才動了一動，醫生雙手就按住了我的肩，然後不知道是否鎮靜劑的作用，我感到極其**疲倦**，眼皮漸重，又睡了過去。

　　這一覺足足睡了二十小時，再度醒來後，我已經恢復正常了。

　　我起牀洗了澡，進了餐，精神十分好。雖然一想起那段海底的經歷，仍然有點 **不寒而慄**，然而我畢竟是經歷過許多古怪荒誕事情的人，總可以承受得住。

　　接着，摩亞先生來了，「我一接到消息，就立即來看你，你怎麼樣？在海底遇到了什麼事嗎？」

　　我略為考慮了一下，然後說：「摩亞先生，請你鎮定一些，也請你相信我所說的 **每一個字**。」

　　他的神情很嚴肅，我於是將我在海底的經歷講了出來。

　　當我說完之後，他的面色變得十分難看，一言不發，站了起來，我說：「**你認為**──」

他隨即打斷了我的話：「算了，**早知道**有這樣的結果，我不會答應讓你去潛水。」

我呆了一呆，但很快就明白了他這句話的意思，我心中不禁有氣，「怎麼樣，你不相信我所說的話？」

他想了一想，

婉轉地說：「我不是不相信你，而是我數十年來所受的教育，使我無法相信那是**事實**，只能認為——」

他講到這裏，頓了一頓，我立時追問：「認為什麼？」

「我認為那是 **幻象**，你潛得太深了，人體在極端的環境下，會產生各種各樣的幻覺。」

我大聲道：「我寧願那一切全是幻覺，但是我潛水頭罩上的燈被 **打碎** 了，頭罩上還有許多被鎚敲擊的凹痕，那都是實實在在的證據！」

「會不會……」摩亞先生小心翼翼地說：「當你產生幻覺之際，難免會 **亂撞亂碰**，頭罩因而碰到了什麼硬物，所以損壞了？」

我嘆了一聲，「不是我碰到了什麼硬物，而是什麼硬物碰到我的頭罩，那個『什麼硬物』就是一柄鐵鎚——握在一個大漢手中的 **大鐵鎚**！」

摩亞先生望住了我，不出聲。我完全明白他那種眼光是什麼意思，不禁氣急道：「別把我當瘋子看！」

摩亞先生立時**尷尬**地轉過頭去，過了好一會，才又對我說：「衛先生，接下來，你希望我能夠做些什麼？」

我立即說：「第一，我要再到瘋人院去，和摩亞船長面談。第二，我希望以你的財力，組織一個海底搜索隊，將這件**神秘莫測**的事查個清楚！」

他聽了我的話後，苦笑着說：「對不起，這兩項要求，我都辦不到。」

我張大了口，過了好一會才說：「**你甚至不讓我再去見他？**」

他搖着頭，神情有點哀傷，「不是我不讓你去見他，而是——」

他講到這裏，突然停了下來，緩緩轉過身去，似是強忍着**啜泣**的樣子。

他花了一些時間才冷靜下來，繼續說：「你走了之後的第二天，護士  進去送食物給他，他突然發作，驚叫着襲擊那護士，護士為了自衛，用一隻瓶子擊中他的頭部，等其餘的人趕到時，他已經受了重傷，幾小時後就……」

摩亞船長死了！ 我聽得當場呆住，一句話也講不出來。

呆了很久很久，摩亞先生才木然轉過身來，「好了，這一切就當作一場噩夢 Z ᶻᶻ 吧！」

事情發展到這個地步，我本來也無話可説，可是想了一想，突然又下了決心，「摩亞先生，對你來説，事情可以當作一場噩夢。但是我不能，我要將這件事清清楚楚地弄個 水落石出 ，證明你兒子是一個出色的航海家，而不是在航行中經常產生幻覺，神經不健全的人。這正是你兒子生前最看重的事：他的 名譽 ！」

摩亞先生嘆了一聲，我又説：「當然，我會單獨進行，不會再來麻煩你。」

他又嘆了一口氣，「我代喬治感謝你，不過，我實在希望你能好好休息一下，將這一切 完全忘記 。」

説來説去，他仍然不相信我在海底看到的事！

「我要走了，祝你好運。」摩亞先生低聲説。

　　他剛痛失愛兒，受到的打擊和 **煎熬** 一定比我大得多，他才是最需要關懷的人。所以我也不再說什麼了，伴着他走出病房，還一直來到了醫院門口。

　　我們正要道別的時候，他像是突然想起了什麼，對我說：「有一件事，我或許要對你說一下。」

　　我望着他，摩亞先生繼續說下去：「他⋯⋯在最後的一刻⋯⋯**是清醒的**。」

提到兒子的死，他自然**悲從中來**，說得不夠清楚。他看到我疑惑的眼神，便補充道：「我的意思是，當他從昏迷中清醒過來時，他不是瘋子。」

我忙點着頭，「這是**奇蹟**，他神經失常，可是在受了重擊之後，又恢復正常了。」

「是的，可是時間太短暫了，只有不到一分鐘，接着，他的**心臟**就停止了跳動。」

我猶豫着該不該問，最後還是問了：「他在那短暫的時間中，一定說了些什麼，才會令你覺得他的神智恢復正常？」

摩亞先生點着頭，「是的，他說了幾句話，當時，我和幾個醫生在他面前，他認得我，用**微弱的聲音**叫着我，接着，他說自己的頭不斷被人打，

他感到很害怕。我還來不及開解他，勸他不要怪那位

護士 ，對方也是自衛才如此做的，他就死了！」

我聽了這段話，簡直緊張得有點喘不過氣來，追問

道：「他說自己的頭不斷被人打？」

「對，那護士出於自衛，敲打他的頭。」

我停了片刻，然後說：「對於他這句話，我和你有不同

的看法，我認為他是說，自己在海底被那人用鎚子打！」

摩亞先生一聽了我這麼說，立時聲色俱厲道：

「衛先生，我兒子在臨死前的一刻是清醒正常的，他一見

到我，就認出我來了！」

他一説完，就憤然轉身離去了。

摩亞船長臨死前的那句話，在任何人聽來，都以為他

是指那個護士打他的頭，而我卻知道他另有所指。

　　我認為，摩亞船長在 清醒 之後，不會記得神經錯亂時所發生的事，因此，他口中所講的，其實是神經錯亂前的事，也就是他不會記得護士曾打他的頭，卻記得在海底被那個怪人用 錘子 打！

　　如果我的推論沒錯，那就證明，在沉船中，的確有一個人活着，就活在海底！

　　一個在水中生活的人，這實在是 不可思議 的事，卻又真實出現在我的眼前！

　　雖然，到現在為止，只有我、麥爾倫和摩亞船長見過那個人，而他們兩個已經 死 了，我將這件事講出來，也不會有人相信我的話。

　　但是，只要真有這樣的一個人存在，事情就簡單得多了，任何人，只要肯在這個地點，潛下水去，找到那艘沉船，就可以見到那個人。

　　不過問題在於，既然沒有人相信我的話，哪有人會潛水去看看？所以最好的方法是，我用 水底攝影機，將那人的照片拍下來，公諸於世，這就是最好的證明。

　　一想到這裏，我已下定決心，單獨再潛水一次，拍下那人的照片，向全世界揭開這個**不可思議**的大秘密。

（待續）

案件調查輔助檔案

客套話

我和他一起坐下來，不必多說無謂的**客套話**，我開口道：「船長，那位朋友說，你有一件很為難的事，想找我商量？」

意思：會見客人時表示謙讓、問候的說話。

桅

摩亞深吸一口氣，說：「我和他一同看到，在前方不遠處，有三艘西班牙式的五**桅**大帆船，如果我們再照原來的方向駛去，一定會撞上它們！」

意思：用木材或金屬製成，豎立在船舶甲板上的長杆，可用作掛帆、掛船旗等。

洗耳恭聽

我這個人好奇心極強，他這樣引誘我，我怎麼能不聽下去？只好**洗耳恭聽**。

意思：洗乾淨耳朵，恭敬地聆聽，比喻專心地聆聽。

維京人

十多天後，我們在波多黎各與麥爾倫先生會合。他的身體壯碩如牛，有着一頭紅髮，説自己的祖先是北歐的**維京人**。

意思：別稱北歐海盜，指從公元8世紀至11世紀的北歐，一個由探險家、狂戰士、商人、水手、海盜組成的部落聯盟，他們並不是統一的國家或民族。

霧燈

我一面説，一面已轉過身去，找到了一盞**霧燈**，走出船艙，來到了甲板上。

意思：用於遇到濃霧、大雨等能見度較低環境中的燈。

一唱一和

因為他們兩人**一唱一和**，分明是早有準備的，但他們的「演技」實在太粗劣了，根本將我當作是傻瓜！

意思：一個先唱，一個隨聲唱和。形容兩人互相配合，互相呼應。

此起彼落

我們穿過草地，走進病院大樓，內裏有着一股陰森之氣，各種可怖的呼叫聲**此起彼落**，實在比黑夜裏的基地還要可怕。

意思：這裏起來，那裏落下。形容連續不斷。

衛斯理系列 少年版 31

沉船 上

作　　　者：衛斯理（倪匡）

文 字 整 理：耿啟文

繪　　　畫：鄺志德

助理出版經理：林沛暘

責 任 編 輯：梁韻廷

封面及美術設計：黃信宇

出　　　版：明窗出版社

發　　　行：明報出版社有限公司

　　　　　　香港柴灣嘉業街 18 號

　　　　　　明報工業中心 A 座 15 樓

電　　　話：2595 3215

傳　　　真：2898 2646

網　　　址：http://books.mingpao.com/

電 子 郵 箱：mpp@mingpao.com

版　　　次：二〇二三年九月初版

I S B N：978-988-8828-89-0

承　　　印：美雅印刷製本有限公司